台灣

文學是文化的精華，起源於生活，扎根於土地。

遠流出版公司

總序

許俊雅

記得十年前我初次看到橫式台灣地圖時，心中充滿驚奇與喜悅，不僅因它像一隻充滿想像的鯨魚，我想最主要的是它打破我平常的慣性認知。我只能大約看出它的輪廓，圖中很多區域不明，煙嵐樹林飄散其間，經緯度雖然沒有現在的地圖清晰，可是也就相對不是那麼機械化。那是一張充滿想像的地圖。

這世界是豐富的，沒有找到的、不確定的，永遠是充滿想像的空間，讓人無限的憧憬。而文學的創作與閱讀也是這樣，作家在創造形式與題材上，不斷向自己挑戰，作品所留下的廣闊想像空間，有待讀者去填補、延續，讀者則因各人不同的境遇、不同的學歷、不同的生活經驗，同一部作品因人、因時而有不同的感受、領會，每篇文章具有雙重甚至多重的效果。

然而，近年我深刻感受到人類的想像力與創造力，隨著資訊的發達，影像世界無所不在的侵吞霸占，我們的想像與思考正逐漸在流失之中。想像力的激發與創造力的挖掘，絕非歸功聲光色的電子媒介，而是依賴閱讀，尤其是文學作品的閱讀。因此，我們衷心期待著「文學」能成為青少年生命的伙伴。

青少年透過適合其年齡層的文學作品之閱讀，可以激發其想像力、拓展其生活經驗，使之產生心靈相通的貼切感。這樣的作品，不僅是他們傾訴、表達、質疑、宣洩情感的管道，同時也是開發自我潛能、了解自我，學習尊重他人與自然萬物和諧共處的途徑，通過文學的閱讀、交流，把心靈中美好的因素、崇高的因素調動起來，建立一種對生命的美好信心，以及對生活的獨立思考。

我相信文學固然需要想像的翅膀凌空飛翔，但也唯有立於自身的土地上，才能感受到落地時的堅穩踏實。我們要如何認識自身周遭的一切呢？我固執地以為文學最能說出一個人內心眞正的想法，透過文學去認識一個地方、一個民族、一群生活在這塊土地上的人們，遠比透過閱讀相關的政治經濟方面的報導來得眞切。因此這套《台灣小說・青春讀本》所選的小說，全是台灣作家的作品，這些作品呈現了百年來台灣社會變遷轉型下，台灣人的生活方式、歷史經驗、人生體悟、文化內涵等。

表面上看起來我們是在努力選擇，其實，更多的是不斷的割捨。割捨篇幅太長的小說，割捨隱喻豐富不易爲青少年理解的小說。「割捨」，使選編者不免感到遺憾，因爲每一位從事文學推廣的工作者，心中總想著帶領讀者進入繁花盛開的花園，而今可能只是帶來小小的盆栽，我們只能先選取這些作家這些作品呈現在你眼前。但有「捨」必然也會有「得」，「捨得」一詞可作如是觀。透過這一盆一盆的花景，我們相信應能引發讀者親身走入大觀園的興趣，而此時種下的文學種籽，値得你用一生的時間去求證、去思索、去體悟。

閱讀之餘，我們向作者致敬，由於他們的努力創作，讓我們有豐富的精神糧食，這時代除了儲存金錢、健康的觀念之餘，我們也要有儲存文學藝術的觀念，才能豐富生活，提昇性靈。我們也向讀者致意，由於你們的閱讀與參與，因此使所有的過程變得更有價値、更有意義。

〔圖片提供者〕
◎頁一〇、一一、頁二〇，梁正居攝
◎頁一七，鍾肇政提供
◎頁七五左上，李疾攝
◎頁二六上、右下、頁三三上、頁六一、頁七四中、頁七五右上、左三至左八（由上而下序），遠流資料室
◎頁二六左下、頁二七上、頁五三，國立台灣歷史博物館籌備處提供
◎頁二七、頁四三、頁五〇，許伯鑫攝
◎頁三二上、下、頁三三下、頁三六、頁五七左上、左中、下、頁六九、頁七五右下，莊永明提供
◎頁三二中、頁五七右上，簡義雄提供
◎頁三四、頁三五、頁四〇、頁六八，丘小川攝
◎頁七〇，劉振祥攝
◎頁七四上，意圖工作室提供
◎頁七四下，邱榮華提供
◎頁七五右二、右三（由上而下序），陳輝明攝

台灣小說·青春讀本 ❹
白翎鷥之歌
文／鍾肇政　圖／楊大緯
策劃／許俊雅　主編／連翠茉　編輯／李淑楨　資料撰寫／蘇秀婷、丘小川
美術設計／張士勇、倪孟慧、張碧倫

發行人／王榮文
出版發行／遠流出版事業股份有限公司
台北市南昌路2段81號6樓
郵撥／0189456—1 電話／（02）2392-6899
傳眞／（02）2392-6658
著作權顧問／蕭雄淋律師
法律顧問／董安丹律師
輸出印刷／中原造像股份有限公司
2005年7月1日　初版一刷
2010年7月12日　初版三刷
ISBN 957-32-5555-3　定價 220元
行政院新聞局局版臺業字第1295號
（缺頁或破損的書，請寄回更換）

YLib 遠流博識網 http://www.ylib.com　E-mail：ylib@ylib.com

白翎鷥之歌

鍾肇政

白翎鷥，擔畚箕，
觸著牛，牛在哮，
觸著狗，狗在吠，
吠麼載？
吠欲食湆飯。
湆飯猶未煮，
吠欲食老鼠。

老鼠猶未刣。
吠欲食芏梨。
芏梨猶未買，
吠欲食老婆仔的尻川巴。
——

這是我熟悉的那條河流嗎？
這是我熟悉的那塊沙洲嗎？
這是我熟悉的那個大城嗎？
遠處的那幾座山，那些丘陵，那藍天白雲，都是我熟悉的，即令我已有好久好久沒有再來過，但我還記得很清楚，我敢說我並沒有弄錯。
我在半空盤旋又盤旋。我發現到我就在這藍天白雲下，畫著好大好大的「？」號。
我降低了速度，也降低了高度。我還放大了「？」

白鷺鷥

白鷺鷥，俗稱「白翎鷥」（閩南語），是台灣最常見的鷺科動物，以魚、蝦、青蛙、昆蟲等爲食，河口、沼澤、沙洲、田野、海邊，都可以看到牠的蹤影。伴隨著農人、牛隻的身影，在青綠的稻田間展翅飛翔的白鷺鷥，曾經是台灣農村的象徵。但是在台灣高度工業化後，田野和河川的污染，讓白鷺鷥和其他野生動物、昆蟲的生存空間大受影響，現在已經很難再看到上百隻的白鷺鷥了。

號的弧度。

我往下凝神又凝神地看。

我掠過了矗立在河邊，位於那個大都市邊緣的那隻龐然巨物。我看到巨物開著無數的窗。以爲是靜止，其實在掠過的一瞬間，我的眼光撲捉住在它旁邊的無數蠕動的東西——在馬路上不規則地排列著，時而發出叭叭聲，時而放出一股股臭氣跑著。

好醜的東西！

我知道它們是不能吃的，就算是可以吃的吧，我也

不屑一顧，就像那些各種各樣希哩古怪的甲蟲們——你一定看過牠們在爬行的蠢笨模樣，難看死了。而牠們居然還學著我們的樣子，發出嗡嗡聲飛將起來哩。多可笑！

看我吧，這才叫飛哩。我讓翅膀這樣地靜止著，也可以飛——你要說是滑也行，我能照樣畫著可大可小的弧，甚至也可上可下，拍動翅膀，更應當像我這樣——

看好啦，緩緩地、緩緩地，一下又一下地，不疾不徐，而且這麼靜悄悄地，你要說有多優美便有多優美，可對？

你以爲我自鳴得意嗎？告訴你，在藍天上，我就是那朵朵白雲的近親，只有它們還可以跟我比比瀟灑。不信你看看那些叫做人類的動物好了。他們不是一有機會便把開麥拉的鏡頭對準我們，想留下一幀幀代表美的照片嗎？

哎喲，看那河上的橋，甲蟲們擠成那個樣子！——不

必提醒我，我當然知道那不是什麼甲蟲，而是汽車。它們一隻挨著一隻，進退不得。「叭叭……叭叭……」那麼急躁地吼叫著，又有屁用？誰叫它們繁殖了這麼多。甲蟲增加，難怪那些螞蝗、蚱蜢等好吃的東西才這麼少啦。

——喲，我在管這些甲蟲幹嗎？對它們生氣，簡直是庸人自擾！我可要下去了。

咻……一陣風從耳畔掠過，高度與速度雙雙低落。

我要先找到我的目標。就是這塊沙洲。錯不了。好大

戰火下的文藝青年

鍾肇政，桃園龍潭客家人，幼年遷居台北大稻埕，後來又搬回龍潭，在閩南、客家兩種族群間的擺盪和疏離經驗，讓他躲進書的世界。青年時代，正逢太平洋戰爭戰火熾烈，學校教育如同軍訓教育，加上行軍、「奉公」義務勞動、物資緊縮，最後又被徵調入伍，諸多時代的磨難，在文藝青年敏感的心裡，留下深刻的陰影，但也成了日後小說創作的素材。

一塊沙洲。平平坦坦地。種著一些作物。整齊的畦，一行行，一排排，從眼下飛掠而過。

噢，就是這幾棵矮樹。多可笑！還是這麼矮。而且仍然只有這麼幾棵。木板屋，也仍舊是這樣矮小、破陋。屋邊幾棵矗立的檳榔樹，倒好像長高了許多呢。

住著的，也是那個老頭嗎？經常地，趕著一頭水牛在犁地的。好懷念他。腦袋光光的，近看才可以看出長著疏疏落落的白髮，短短的。

是個和藹可親的老人家。每次我來了，必定會細瞇

著眼睛，翕動著那張癟癟的嘴唇向我說點什麼。
「你又來了，白翎鷥。這不是夏天又到了嗎？」
「嘎嘎，嘎嘎嘎……」（可不知老人家聽懂了沒有，
我是說：是的，老伯，我又來了，夏天到了。）
「你們是怎麼啦，好像越來越不容易看到你們啦？」
「嘎嘎……」（是因爲這裏太遠了些。）
「可憐的白翎鷥，一定餓了吧，看你這瘦瘦愣愣的。
我就來犁犁地吧，讓你飽餐一頓。」
「嘎嘎嘎……」（謝謝您，老伯。）

筆耕大地的客籍作家

鍾肇政在一九六一年發表的《魯冰花》，後來被改編成電影，也是他最爲人熟知的作品。故事描寫客家農村的淳樸和艱苦生存，事實上，描寫台灣人在時代巨輪下的辛酸、屈辱、苦難、挫折，以及爲生存而奮鬥的尊嚴，一直就是鍾肇政小說創作的特質，他的《濁流三部曲》、《台灣人三部曲》，都爲二十世紀的台灣人，留下了深沉有力的見證。

環保文學

鍾肇政的《白翎鷥之歌》寫於一九七八年，可說是台灣環保文學的先驅。作者對台灣自然環境的關懷，藉著白翎鷥的自白娓娓道來。台灣自然環境正經歷著巨大的變遷，諸多環保問題就如圖中大安溪上游乾季時的河道，糾結不清。

小屋的門關著，看不見人影。到底是怎麼回事呢？

我在小屋上盤旋了一周。我猛然吃了一驚。連那頭水牛也不在牛欄裏。我四處瞧瞧。沒有，確實沒有。沒有老人，沒有牛，叫我如何找到東西吃呢？

每一次只要跟在老人後面，我便可以在犁翻的園土裏找到無數的蚯蚓及雞母蟲。這沙洲裏的雞母蟲是最肥大最美味的。可是沒有老人與牛，就不會有雞母蟲啊。

我再盤旋了一周。我幾乎碰到檳榔樹葉。

不行。看樣子不能指望那個老人家了。

怎麼辦呢……

那就到水邊去吧。水邊……一陣苦楚閃電般掠過了胸口。

有水的地方，就有一頓美餐——這個從來都不必懷疑的一句話，如今也不可靠了。豈止是不可靠，還得修正爲：「有水的地方便有危險」哩！

那已是遙遠遙遠的事了……

我的老家——那是我住的地方，也是我們誕生的地方，是一所狹長的山丘尾部。小丘下有一道小溪。我敢說，那是最美最美的小溪。溪水是清澈晶瑩的，溪底鋪著細砂，有大大小小的石塊。那清澈晶瑩的溪水四時都發出琮琮的水聲流著。有各種小魚、小蝦，還有泥鰍以及一些小水蟲。我曾經那麼輕易地就可以在溪裏飽餐一頓。

然後有個夏天，我飛越過重洋，從遙遠的南方歸來。我永遠也不能忘記那個可怕的日子和可怕的景象。我是比許多伙伴們晚了一步回來的。我找到了老窠，安頓下來第一件事是好好地吃個飽。我有好多好多的活兒等著我去幹的。好比修補窠啦，找伴兒啦，然後是下蛋，孵蛋，帶小雛鳥等等。

我飛上去，畫了個弧，對準目標就箭一般地下來，停在小溪中的一塊大石頭上。

天哪。那記憶裏晶瑩可愛的溪水不見了！換上來的是發著泡沫，帶者一種灰黑色的滾滾濁水，還散發著怪異的臭味呢。

更可怕的是在那無數的泡沫裏，浮著好多隻伙伴！

翅膀一東一西地攤開，羽毛零亂，眼兒緊閉，嘴巴張著，在溪水裏載浮載沉。一看就知道，早已斷氣了。

他們用全身向我訴說著無盡的冤屈，從我眼前緩緩地流過去。不必細看也可以明白，溪裏曾經那麼多的魚蝦泥鰍等，也都不見了！再也找不到半尾了！嗯，都死得精光了！

苦難的歲月便是那時開始了的。田裏的許多小東西，例如青蛙、蝌蚪、泥鰍、小魚、田螺等，也都差不多絕跡，因此我們再也沒法在附近找到足夠的食

台灣河川的縮影——淡水河的興衰

河上可行舟

淡水河由大漢溪、基隆河匯集而成，主流長度約一百五十九公里，是北台灣的主要河川，從最早的原住民平埔族到三百年前來台開墾的漢人，都依靠淡水河流域而生。這張照片是十九世紀末期大漢溪（當時稱大料崁溪）上游樟腦、茶葉、靛藍集散港——大溪岸邊的景象，據統計，一八九〇年代往來大溪、台北的船隻有兩百五十艘之多，當時淡水河舟楫稱便，農產品沿溪直下艋舺、大稻埕，再到淡水港海關出口。

大稻埕風光

大稻埕在一八六〇年代興起，因艋舺埠頭河道淤積漸淺，成為北部第一大進出口貿易港，歐美洋行遍布，各有自己的旗幟（右圖）。從下面這張台北橋遠望大稻埕的老照片，可以看到洋行建築林立的繁華景象，橋下停泊著通行於台灣沿岸和內河的竹筏，帆已捲起。

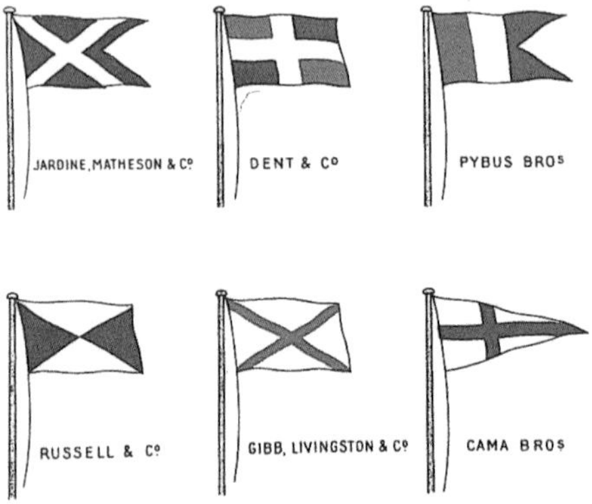

「親水」的年代

淡水河畔的早晨，婦女洗衣，幼童把洗好的衣物挑回岸上，岸邊停泊著帆已收起的「戎克船」，工人在岸上整理著竹簍裡的貨物，遠方是觀音山優美的線條。這幅「親水」的景象，距今不到一百年，但是很快地，台灣快速工業化之後，淡水河和台灣其他河川一樣，遭受了嚴重污染的噩運。

「背」水與污染

在日本時代，風光一時的淡水河航運，就已經被鐵公路交通取代。一九五〇、六〇年代起，台灣逐漸步入工業時代，工業化、現代化帶來大量污染，淡水河成爲被人們疏離、遺忘的黑水。家庭污水、工業廢水、垃圾，大量排入河中，甚至曾經有過直接將不合格醬油直接倒入河中的事件，魚蝦死亡、生態破壞，圖爲一九九〇年代台從三重垃圾場遠眺台北市的景象，人類所製造的污染，令人怵目驚心。

物，常常必須飛到遠處的山澗去尋食。生計是越來越艱困了——我們倒是一點也不怕每天老遠地飛翔來回，連飛越巴士海峽到遙遠的異國去過冬，對我們來說也不算是多麼艱難的事。

然而，在帶小雛鳥的期間，遠行覓食，實在不是件妥當的事。那一年，我就爲了這，闖下了一個大禍。那時，我懂得還不多，有了一窩小傢伙，只知拚命地去找吃的，帶回來餵他們。一天，越過了幾座山頭，肚子裏裝滿了美食，正想回家時，不料雷鳴隆隆，繼而是一陣叫人眼睛都睜不開的豪雨，足足下了大半天。

等到雨過了才慌忙往回飛，碰巧肚子裏又裝得太多了些，結果好不容易才回到，可是我那四隻小寶寶已餓死了兩隻，另兩隻也已奄奄一息。總算費了好大的手腳，才把他們救活了……

咦，我怎麼老是想起這些傷心的往事呢？不錯，有水的地方，便充滿危險，但事實證明這話也並不是絕對的。有不少河水溪水依然清澈，棲息著不少可以捕食的東西。這是一條大河流，說不定仍然可以找到一些可以果腹的。

下去吧。

我停住了翅膀，緩緩地滑過去，然後畫了個小小的弧，頭一昂，雙腳一縮，那麼靈巧地就下到沙洲的邊際。我希望能驚嚇一下小魚或者青蛙，但是失望了。那兒什麼也沒有，一片死寂。這也難怪，看那汪洋一片的河水，那蒼濁的顏色，小東西們恐怕無法再棲息下去的吧。

農業時代的台灣水資源

桃園大圳

桃園大圳從一九一六年開始動工，在大漢溪上游石門峽（今石門水庫大壩左岸）設進水口，引取河水、開鑿隧道、架設水橋和導水路，再以支線輸水到區內兩百多個貯水池。全區相關工程在一九二八年完工，總灌溉農地達兩萬多公頃，稻米產量激增一倍以上，圖爲大圳流經的丘陵地。一九六○年代石門水庫興建時，取水口遷移到後池堰左端，後來因家庭廢水、工業廢水局部遭到污染。

嘉南大圳

嘉南大圳興建於一九二○年代，以曾文溪、濁水溪爲水源，灌溉今雲林、嘉義、台南三縣總計南北九十公里、東西二十公里的地區，工程規模全台第一（小圖），包括興建烏山頭水庫（下圖）。大圳具有灌溉、排水、防洪等功能，完工後，嘉南平原旱潦不定的十五萬甲看天田和蔗園，耕地面積和水利灌溉面積大幅增加，許多旱田變成水田，農作產量激增，地價、地租暴漲。

瑠公圳

瑠公圳最早是一七六〇年郭錫瑠在今新店、景美地區所建的「五庄圳」，日本殖民政府在一九〇七年統合其它各圳擴建，改築圳路、架設包含人行道的鐵筋混凝土水道橋，完工後水量加倍、農作產值提高，周邊地價也跟著上漲，是台北最大的灌溉設施，灌溉區包含現今的新店、景美、公館、台北盆地，這張老照片是農民利用圳水踩水車灌溉稻田。台北都市化之後，瑠公圳功能漸失，大都隱埋在下水道溝蓋之下。

水源地

台北市區飲用水原本仰靠河水和井水，井水含石灰量過高，不適飲用，更是流行病散播的媒介。爲改善公共衛生，日本殖民政府在一九〇七年起以新店溪爲水源，鋪設自來水道，兩年後完工，現在是「自來水博物館」（紅圈處）。後來因爲人口快速成長，供不應求，便引大屯山系竹子湖、紗帽山一帶水源到圓山貯水池，即「草山水道」。隨著都市化的發展，又不斷開發水資源，現在台北都會區用水主要仰靠一九八七年完工的翡翠水庫。

我舉起步子，緩緩地在水邊走了一段路。蝦子也好，總可以果腹的。

沒有，連蜻蜓的幼蟲都看不到一隻。

難道我的期望，就這樣完全落空了嗎？

不，這是不行的。我必須帶些食物回去。我那兩隻小傢伙瘦了。可憐他們經常都餓著肚子哩。也好在這一次只能孵出兩隻——也許這是因爲所謂「營養不良」的緣故吧，否則如果像從前那樣，每一窩都有四隻，甚至多的時候有五隻六隻，那就不得了啦。

我家門前有圳溝

除了大型灌溉工程外，台灣各地有許多利用溪水興建的中小型圳溝，流經村莊，供家用和灌溉。這條新竹北埔鄉南埔社區的老圳溝，水流清澈，溝上的石板，洗衣板兼踏石。依據習俗，農曆年後第一次到溝邊、溪邊洗衣洗菜，婦女會在水邊點香祭拜水神，顯現了傳統文化對於水資源的珍惜之情。

昨天那一幕驚險鏡頭，想必就是因爲他們太餓了，才會弄出來吧。

當我覓食回來，突然發現到窩裏空空的。腦子裏閃過的是：狐狸來了？或者是野貓嗎？也可能是南蛇？這些面目猙獰的敵人的形相，立即在腦膜上映現，但覺血潮倏地消退。不過我把這可怕的幻相拂拭掉了。許久許久以來，這些可怕的敵人都已絕跡了，不可能再出現的，何況附近的幾窩蒼鷺們也不會讓它們來的。只要嘎嘎嘎地發出幾

聲示警，留守的鄰居們馬上會趕過來，把牠們殺得狼狽而退的。

「咕咕，嘎，咕咕，嘎……」

好傢伙，原來是在那兒。說了多少次不可以出去了呢？還是一有機會便想溜出去。看，他們在那根斜靠著的枯竹上，站都站不穩，拚命地拍打著只長出寸把長羽毛的翅膀。那有什麼用？你們根本就沒法鼓起風啊！連在那滑滑的竹皮上保持平衡，都已經是那麼吃力啦。

「嘎嘎！」

我驚呼了一聲。其中的一隻滑下去了！還好，很快地就在長出一叢小竹枝的骨節處停住了。這一滑，真是把我嚇得渾身直冒汗，氣息都窒住了。

好傢伙，得好好教訓他們才成。我飛過去，用我的尖尖利喙，從下面一下又一下交互地猛啄他們。

「不要命啦！看我不把你們啄死才怪！」

「不敢啦！爸爸，原諒我！」

「還不快回窩裏去！」

圳溝妙用多

在農村時代，圳溝除了灌溉、洗衣，也是水牛泡澡、鴨仔戲水的好所在。炎炎夏日，孩童在圳溝裡消暑玩水，「摸蛤兼洗褲」，是農村生活的一大樂事。

「咕咕，嘎——」

「小心啦！別摔下去啦！」

「嘎，咕咕——」

就這樣喧鬧了一大陣，好不容易地才把他們趕回窩裏去。其實，我能怪他們嗎？誰叫覓食是這麼困難，以致讓他們餓成那個樣子？

眞怕歷史會重演，如果他們再那樣不安分，一不小心掉下去，那可怎麼辦呢？

呀？那是老伯？

在眼角裏，突地出現了晃動的影子，連忙轉過頭看過去。果然是一個人，不過可不是我所熟悉的那個老人哩。

那是誰？管他是誰，只要他能像那個老人，或者像很多農人那樣，驅牛犁田，我就最高興了。

期待使我的心卜卜地跳個不停。我讓身子微微一沉，雙腳輕輕一蹬，倏的一聲就飛揚起來。

蓬亂的一頭長髮，髒髒的背心，裸露的肩膀，肌肉還顯得稚嫩，膚色倒是健康的古銅色，只剩半截褲管的牛仔褲，赤腳上穿著一雙髒兮兮的塑膠拖鞋。每個步子都撲起一小陣泥粉。那步伐好像有點零亂，顯示著內心的一股憤憤不滿。

我在這名半大不小的少年人頭上畫了個好大的問號。我是要問他：你是誰？幹什麼來的？……我知道他不會明白我的意思，但光是在這寂寂的沙洲上有了人影出現，就已經夠使我心跳了。

我看到了他的臉。果然還是個稚氣未脫的少年人。但卻叨著一小截煙，嘴唇有紅漬，還嚼檳榔哩。

但見他頭一抬，伸手摘下嘴邊的煙蒂，嘴裏嘖的一聲射出赭紅的口液。當我的第二個問號畫到他頭上時，他竟右手一揚，把那隻煙蒂彈過來。我看到他眼裏閃過來了一抹兇光，充滿憤恨。

怪啦！他不會是恨我的吧？陡地，我從他的眼光與唇角看出了一個熟悉的影子。那眼光，曾是對我充滿友善與羨慕的，而從那張嘴唇，曾經發出過好多叫我無限舒服的歌謠與話語。

「白翎鷥，擔畚箕，

水庫之兩難

隨著時代進步，水資源的需求量越發龐大。但台灣河川流量不均，洪水期氾濫成災，枯水期又乾旱缺水，為使全年有水可用，便需興建水庫。目前台灣有六十七座水庫，兼具灌溉、給水、防洪、發電、觀光等功能。但是建造水庫同時也造成文化生態和自然生態的嚴重損失，一方面是水庫區內居民與原住民的流離遷徙，無人聞問；另一方面，台灣山區土石一年高達二十二公釐沖蝕率，造成水庫快速淤積而降低壽命和使用效益，再加上，水庫水質的惡化，從水資源的永續發展來看，水庫的興建是得不償失的。

擔屆溝仔乾，
跋一倒，撿一錢，
買大餅，送大姨，
大姨嫌無活，
呼雞呼狗來咒詛，
咒詛有，拍媳婦，
咒詛無，拍孀婆。」

「哈哈……旺仔，你還記得啊。」

「記得，阿公教我的，我怎會忘記？我再唸給阿公

美濃「反水庫」

一九九〇年代起，台灣環保意識崛起，大家逐漸質疑水庫的興建，究竟是爲了農業、工業、財團還是民生而建？爲供應高雄濱南工業區高耗水的煉鋼廠，和石化廠用水的美濃水庫興建案，近年來就一直遭美濃居民抗爭，反水庫運動歷時多年，只是至今仍懸宕未決。

聽。白翎鷥，擔柳枝，閹雞喔喔啼，令公娶令姨，令姨繡鞋十八雙，鑼仔鼓仔器酷鏗！」

「哈哈……」那個老伯笑彎了腰。「旺仔眞乖，眞聰明。」

「阿公，我好喜歡白翎鷥。」

「嗯，阿公也是。所以啊，旺仔，你可不能欺侮白翎鷥。」

「不會啦。」

「旺仔，阿公告訴你，白翎鷥來了，會給我們帶來好

運哩。」

「好運？」旺仔睜圓了眼，「爲什麼？阿公，爲什麼白翎鷥來了會帶給我們好運？」

「這個，阿公也不知道，是古早人講的。這幾年，每年都有好多隻白翎鷥到我們這裏來歇，我們都可以吃得飽飽的。這就是好運囉。」

「眞好……」

小孩子這時眼裏的那一片憧憬與愛，眞叫人忘不了。如今，他是長大了，然而眼光是那樣的不同。爲什麼？難道是我們不來了，不再給他們帶來了好運了才會這樣嗎？

我在屋旁不遠處的一棵檳榔樹上停了下來。

我心裏的那份期待又一次抬頭了。這人既是老伯的孫子，那麼他應該會像老人那樣耕耘這一塊沙洲的吧，那時，我不就可以好好地吃一頓嗎？

少年人來到木板屋前，正要伸手開門，可是忽然又猶疑地縮回。好像好煩好氣的模樣，在門前站了那麼片刻，便繞到屋後去了。

屋後的坪子上有幾堆柴，用破爛的塑膠布覆著，屋簷下有一隻小型竹製雞塒。因爲少年人來到，雞塒裏的幾隻雞起了不安的騷動。

「誰？……是誰啊？」從屋裏傳出了聲音。

分明是那個老頭的嗓音，不過好像比記憶裏的更沙啞更無力。

「是阿旺嗎？……旺仔……」

少年人根本就不理，走到柴堆邊瞧了瞧，但見右手一伸一縮，一道寒光射進我的眼裏。

「嘎嘎！」

我禁不住驚叫一聲。看，那是一把明晃晃的刀子哩。他聽到我的叫聲了，仰起脖子往這邊瞄了一眼。我又看到那悻悻然的光芒。他悶聲不響地把刀子插進柴堆裏，這才撿起了一粒石塊猛地擲過來。

「拍！」

石頭打中了樹幹。我也高叫一聲飛起，但馬上又降落到原來的地方。

「旺仔，是你。」老人出來了。噢，可憐的老伯，腰肢彎成一個＜字，看來又瘦又弱。「剛才怎麼不應呢？」

旺仔不答，似乎更不耐煩了。

「你在做什麼？」老人再問。

「……」

「剛才，你好像……」老人吃力地抬頭，興奮地說：

「那不是白翎鷥嗎？」

「……」

「旺仔。」老人的口吻微微加了一股力道，腰肢也好像挺直了些。「你擲了石頭？」

「沒有啊。」

「別想瞞我，旺仔。你不該這樣……」

「說沒有就沒有啦。那該死的白翎鷥不是好好地在那兒嗎？」

「你說該死的？眞是罪過啊。唉……」老人的腰肢又彎回原來的樣子。片刻之後，老人無可如何地說：

「旺仔，你還沒吃飯吧。進去吃，還有兩碗多的白飯，菜湯也溫著。」

「我不想吃。」少年說罷掉頭就走。

「旺仔，你去哪兒？」

「我……」旺仔頭也沒有回地答：「我出去一下。」

「又要走？不是剛回來嗎？」

「嗯……」

「你等等啊，旺仔。」老人著急著追過去。

「做什麼？」少年人總算停步回過了頭。

「你呢？你不是說答應阿公要翻土嗎？」

「嗯……」

水污染

在人為因素底下，許多污染物質被倒入水裡，破壞了水質，危及生態環境及人體健康。台灣主要的水污染源於工業廢水及家庭廢水，這些廢水流入河川、海洋或滲入地下水中，促使水中含有重金屬、有毒物質，一旦超過水的涵容量，水中溶氧量降低，將會導致魚類及其他生物中毒或窒息死亡。

「阿公是不太拿得動鋤頭了，所以只好依靠你。」

「知道啦。」旺仔又邁開了步子。

「咦？」老人又顯露了著急。「阿旺，你知道就要幫阿公做啊。怎麼又要走？」

「我會啦！眞是的。」旺仔再射出了一口赭紅色的口液說：「阿公，你不要煩我好不？」

「煩你？可是菜得下種了哇。」

「眞要命。」旺仔已走了。

老人無力地站住，拚命地喊：

老祖宗的堆肥

化學肥料，簡稱化肥，是環境污染的另一殺手。在化學肥料發明之前，老祖先一直使用堆肥，比如這張圖中的日本時代豬舍堆肥場。堆肥是有機質的傳統肥料，將植物殘株、菜渣、動物糞便等廢棄物，利用大自然的菌類等微生物，使廢棄物中的有機物經過生物化學轉換，分解成土壤改良劑。近年來，人們也逐漸意識到堆肥能減輕環境的負擔，並能增加土壤的有機質，使大地回復生機，因此，各縣市開始回收廚餘，製成廚餘堆肥，以減少化肥的使用。

「旺仔，快點回來鋤啊。」

旺仔已出到屋前，頭也沒回一下就沿那條土路離去。老人搖搖頭，轉過了身子，往門蹣跚地走了幾步，但又忽然想起了似地抬起了頭，向我這邊看過來。唉唉，老伯，你連抬一下頭都好像很吃力的樣子哩。

「你，你又來了，白翎鷥，唉唉，你，你一定比旺仔更餓了吧。」老人有點喘不過氣來的樣子。

「嘎——嘎。」我是說：還好哩，老伯。

「旺仔會回來翻土的……會回來的……」老人的話已變成自言自語：「他是個乖孩子……旺仔是的，誰說不是呢……」

老人好像還喃喃地叨念著，進屋裏去了。

我的期待落空了，我差一點就絕望。可是另一面卻也覺得還有一縷希望。那是老人的話；旺仔會回來翻土的。他會嗎？他是個乖孩子嗎？……

姑且相信老人的話吧，所以還是等等看。不，光是等也不行，就先找找吧，也許有蚱蜢、蜥蜴等小東西哩……

「喀喀……」

從小屋裏傳來咳嗽的聲音，他不但衰弱，而且好像病得不輕。多麼使人難過啊！更叫人難過的是剛才老人看到我，居然沒有一絲過去所常見的那種歡欣的樣子，難道他老得高興不起來了嗎？

其實，想想也知道，我們這些白翎鷥，根本就不能再給老人和他的孩子帶來好運了。看，這廣大的沙洲上，就只有我一隻，孤單單地來回踱著方步。以前，隨便那個時候來到，總有幾十隻甚至上百隻吧。如果說我們眞可以給人帶來好運，那也一定需要很多很多的伙伴們才能辦到的吧。我只有一隻，這就難怪老人高興不起來了。

眞怪，伙伴們都哪兒去了呢？

以前，敵人那麼多，有南蛇、野貓、狐狸，外加一些不安好心眼的人類，牠們偷蛋，還偷小雛鳥，但是我們總是繁衍得那麼多。故鄉那個竹林裏，眞有數也

化肥利與弊

化肥是人工合成的土壤營養劑，有氮肥、鉀肥、磷肥、氮磷鉀複合肥料等種類。施用化肥，可以強迫植物吸收養分，增加植物生長速度，自二次世界大戰起，各國紛紛大量使用化肥，德國磷安肥料在此之前即已引進台灣，還用一九三〇年代時髦的「上海」美女來代言。戰後五〇年代，台灣農民更廣泛地使用化肥，品牌眾多。近年來，研究發現，蔬菜中若含過量氮肥，進入人體將形成亞硝酸，有致癌之虞，地下水也可能因爲化肥的滲入，而含有過量硝酸鹽，威脅人類的健康，因而興起回歸堆肥的「有機農業」自然風。

八卦牌
品質保証
裕台農藥
裕台公司農業化工廠

理想的窒素・燐酸濃厚合成肥料
德國燐安肥料
(ロイナホス・イーゲー)
LEUNAPHOS.I.G.
德國燐安肥料
BA SF
I.G. Farbenindustrie Aktiengesellschaft
ハー.アーレンス繼續社農事部

八卦牌
商標
註册
裕台農藥

荷蘭伯力收藥「農友牌」
巴拉松乳劑
紋枯乳劑
富米農錠
稻熱病 又可大豐收
大勝貿易有限公司

數不清的老窠新巢，年輕一代更是一批批地產生。

想起那些從前的日子，眞是好恐怖喔。一公尺多長茶杯粗的一條條南蛇，從竹枝、樹枝上一條條垂掛下來，還有野貓們的發著藍光的冷颼颼的眼光，加上那些神出鬼沒，好狡滑的狐狸，眞個是危機四伏。大夥一有發現，便嘎嘎地拚命叫喊，連番地猛撲過去，好不容易地才能把敵人驅逐，但蛋與雛鳥總得損失好一些。

說來也奇怪，這些敵人幾乎絕跡了。伙伴們原本應當可以安居樂業，子孫越來越多才是，事實卻是恰恰相反。後面這一點，當然是可以理解，例如老家那道小河流，一夜之間使那麼多的伙伴死於非命，就是個典型的例子。然而那些敵人可不會葬身河底的呀，怎麼也不見了呢？

——總算略有斬獲，肚子好像半飽了，可不曉得要等到幾時，旺仔才會回來翻土。「我會啦！」他是這麼向老人說過的。如果他說話算話，那麼雞母蟲就會一隻一隻從他的鋤頭下出現。那時我便可以好好吃一頓，也不必擔心餵不飽兩個小傢伙了。

有點累……太陽要開始斜了呢。

看樣子，沙洲上是不會有多少東西好吃了。就歇歇吧。我把一隻腳縮到肚腹下，讓自己就那樣靜靜地站著。我得養足精神，以便回程一口氣飛過那幾座山頭，及時教小傢伙們飽餐一頓才好。

哦，兩個小傢伙，可要平安等著我回來呵，否則……

別想這些吧。天天出門都擔心，天天回到家時，豈不是總都可以看到他們嘎嘎地叫個沒完的饞相嗎？那些

肥料換穀政策

一九四八年，台灣省政府公布「化學肥料配銷辦法」，要求農民用「以物易物」的方式，依政府公定價格，以稻穀換取化學肥料。當時政府獨占化肥的供給，而土地不夠肥沃，農民亟需肥料以補充地力，因此，政府訂定高於市價的米、肥交換價格，向農民徵集米糧，以解決糧食需求。「肥料換穀」政策是「以農業培植工業」的政策下的產物，將農業資金向工業擠壓，長期下來，農業在整個經濟體系的地位逐漸降低，導致田園荒蕪，農村人口外流，昔日手持黃金稻穗的農婦，流入工廠生產線，成爲打造「MIT台灣經濟奇蹟」的底層小人物。

老鄰居們都是可靠的。他們叫起來嗓音沙嗄刺耳，向敵人撲過去時也最勇敢——那些蒼鷺們，眞是最好最令人感謝的鄰居了。每天，他們看家，等我傍晚回去了，他們才出外覓食，於是夜裏看家的責任便落到我和伙伴們的身上。而當晨曦來臨，輪到我們出門時，他們都會適時地回來。守望相助，我們與這些鄰居蒼鷺們可是百分之百做到了。

特別是我們出遠門的時候，他們依然留守原地，在寒冬裏苦熬。於是每當春暖來臨的時候，我們與蒼鷺

們便可以擁有一場久別重逢，而且幾乎是得慶生還的喜悅。

「噢，你們可終於平安回來了。一路上還好吧。」

「還好。我們又有一番新的天地新的景象了！」

我們互相嘎嘎長鳴。我知道他們熬過漫長的寒冬不易，其實我們越過重洋，也是歷經艱辛哩。我們累了，降落海面載浮載沉一陣。魚類的襲擊常常會造成嚴重的犧牲。有些力氣不繼的，也不能免於壯志未酬葬身魚腹的噩運。更有那颱風的摧殘……

我們總是無暇多悲哀的，因爲這正是「新的天地，新的氣象」！他們忙著找舊巢，新生的一代得從頭築起他們棲身的新巢，大家忙成一團。有些生命力正旺的，等不及新巢築成，蛋便一顆顆下來了，產在竹叢下草地上。這樣的蛋註定是浪費的，因爲小小的地鼠也可以輕易地得到它。附近的人們也會來撿，他們一方面是藉此一快朵頤，再則也是出自好意，否則有些傻瓜去孵，把不設防的姿態暴露在那麼多的敵人面前。

然後是老僧入定般的孵蛋工作，以及吃力的育雛工作，夠我們忙得精疲力盡。小雛鳥漸漸長大了，還得教他們飛翔。等到小傢伙羽毛豐了，可以自由自在地飛了，秋風也颯颯地吹過來，遠征的時候又到了。

「喀喀喀……」

老人的咳嗽聲使我從半睡半醒中驚覺過來。

噢，日影眞地有點斜了呢。趕快回頭看看，我又驚住了。看哪，老人從小屋出來了，肩頭上竟然荷著一把鋤頭！那鋤頭好像多麼沉重似地壓得他腰肢更彎了。

難道老人要自己來翻土播種嗎？他已經不再指望旺仔回來幫他了嗎？如果那樣做有效，我多麼願意像驅趕那些可惡的敵人般地撲向你，用利喙來啄你，把你趕到園裏來。

「喀喀……」

老人又無力地咳嗽了幾聲。他那身影，多麼瘦弱無助啊。

他站住了，放下鋤頭，頭上的笠仔遮去了大半個臉。他開始舉起鋤頭，打下去，一下又一下地。好哇！他必定是爲了我才這麼做的吧。好心的老人，仁慈的老人，我由衷感謝您。

我覺得一身的疲累，倏然間就消失了。一用力飛起來。當我飛臨那塊園的上空時，我的銳利眼光捕捉住一隻縱躍起來的蚱蜢。我一鼓氣猛衝過去，在牠落地以前就一把咬住了牠。是隻好大的蚱蜢哩。在我嘴裏掙扎了一下便被吞下去了。

「是你啊，白翎鷥。你還沒走嗎？」

「嘎——嘎嘎嘎。」（是啊，我還在這裏。）

「喀喀喀……該死的咳嗽，真要命。白翎鷥，真高興有你來跟我做伴。」

「嘎嘎……」（我也好高興哩。）

「吃吧，儘情地吃吧。」

老人撿起了什麼，往我這邊拋過來。是隻雞母蟲。

我上前一口吃下。

老伯，您不必的，只管掘您的土好了，我自己會撿。看樣子，兩個小傢伙的晚餐有著落了呢。

我跟在老人後面守著。老人邊幹活邊嘮叨個沒完。

……白翎鷥，眞不懂你們爲什麼都不見了，害我老來還得苦苦做工。這鋤頭，眞是好重了呢，我都快舉不起來了。白翎鷥，你們……嗨嗨，老貨仔，你怎麼不懂是農藥啦，工廠啦，弄得牠們都找不到食物了呢？可憐的白翎鷥，我們都好可憐啊。

……喀喀喀。白翎鷥，你好孤單啊，這不是跟我完全一樣嗎？以前，想起以前那些日子，一早起來就可以聽到你們嘎嘎嘎地叫個不停，有幾百隻吧，好熱鬧

山林悲歌

自然生態變遷的另一個要因，就是山林的濫墾濫伐。台灣是山之島，森林資源豐富，從日本統治時期起，便大量開採北部山區的樟樹、出口樟腦，又開闢阿里山、八仙山、太平山林場，發展伐木業。近幾十年，工業化、都市化急速發展，加上山區造路、發展高冷農業、觀光休閒業、建造水泥專業區等，綠色的山林，更是瀕臨「浩劫」的邊緣。

哩。河裏有無數的魚蝦，沙洲上食物也好多好多。我跟孫子唱著那些擔畚箕啦，擔柳枝啦，那有多快活喲。對對，我爲什麼不來唱唱呢？白翎鷥，你喜歡聽嗎？

「嘎嘎！」（喜歡！）

……唉唉，這樣有什麼用？你又聽不懂，你只有嘎嘎亂叫。

「嘎嘎，嘎——」（我懂哩，老伯，我懂啊。）

……嗯，想起以前，可眞叫人懷念啊。你一定不知

台灣野生動物的殺手

公害是源於某些人爲因素，造成破壞生態環境、損害人與其他生物的健康、危及整個環境的行徑。台灣自從邁入開發中國家後，隨著經濟發展、都市擴張、工業興盛，人們在使用自然資源時，往往不加適當的處理，產生了許多公害，例如，水污染、空氣污染、土壤污染、地盤下陷、輻射等等。

道，你們來得多，眞會叫我忙壞的。因爲你們拉的糞太多，樹林下地面一片白。那是好肥料，可是太肥了，樹木受不了。害我每天都得起個大早，到林子裏去掃那些又臭又髒的你們的糞——不對，我其實一點也不覺得臭，我還以爲那好香哩。因爲那些鳥糞會帶來好運，當然不是糞帶來的，是你們帶來的。

鳥糞連同枯葉，一堆堆的，每天早上總有好些堆。我使用畚箕挑到園裏。我種的青菜是出了名的，最肥美最嫩，當然是最好的。我常常都可以賣到好價錢。

「嘎嘎嘎，嘎嘎——」（我也記得哩，老伯，那眞是一段美好的日子。）

……喀喀喀……。唉唉，眞要命。嗯，白翎鷥，你嘎什麼？我可一點也不懂你的意思哩。對啦，那些日子的確叫人懷念。可是我也有過對不起你們的事。那可是古老的事哩。

……記得是我搬來這裏不久的事。那時，沙洲還沒有這麼大，也許一半不到吧。河上有好多好多的帆船，是要開到大陸去的，載去糖啦、茶啦、樟腦啦，

還有一些水果等等，並把大陸上的貨載來，有福州杉啦，一些蓋房子的石材啦，還有……想不起來了，反正有好多就是。

……一天，我聽到消息，有人告訴我，長在你們背上的簑羽毛，有人收購，而且價錢好貴。我可忘記了一兩多少錢，反正比金子還貴就是啦。比金子還貴，懂了沒？

「嘎——」（懂！）

……我本來不敢相信有這麼好的事的，可是那個陌

空氣污染

空氣污染是指空氣中含有某些污染物，不僅會傷害到人類、動植物的生命，造成財物損失，甚或累及生態環境。台灣進入工業社會後，由於工廠大量燃燒重油或煤而產生硫氧化物、媒塵等污染物；汽車普及後，則排放大量一氧化碳。這些有毒物質懸浮在空氣中，造成了「酸雨」、「溫室效應」等現象，不但影響到氣候，也破壞了整個生態系統，許多野生動物更因爲棲息地受污染而死亡。

環保在台灣

日本時代的環保

台灣的環保歷史，可追溯到日治時代。日人積極開發台灣各項資源的同時，也訂定了許多如河川管理保護、造林植樹、動物保護、市街空氣淨化、興建國立公園等環保政策。在動物保護方面，最早在一九○三年就公佈禁止捕獵白鷺鷥、烏鶖等十五種鳥類，後來學校課堂上還有認識白鷺鷥教學。此外，帝雉、北投石、櫻花鉤吻鮭也陸續列入保育動物。

小朋友種小樹

中華民國國父孫逸仙曾特別指出：「造林是民生建設重要項目」，因此他逝世的三月十二日被定為「植樹節」。國民政府治台後，植樹節也隨著扎根台灣，早期各級學校都有種樹活動，現今綠色環保潮流下，除了社區親子植樹、巷道立體空間美化改造的植樹節活動外，一年中還有欒樹節、桐花季等各種活動，透過自然美景的宣導，讓全民更加疼惜台灣的綠色資源。

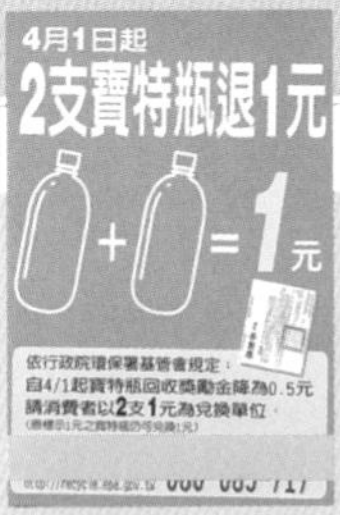

資源回收

塑膠、保力龍、寶特瓶、鋁箔罐等高科技產品爲人類帶來便利和舒適，但是無法自然腐化的特性，卻對地球造成沉重的負擔，再加上現代社會物資充沛造成的浪費，更是每天都在破壞環境。因此，垃圾分類、資源回收、再利用，便成爲現今政府、民間積極推廣的環保觀念。

反核愛台灣

核電是一九八〇、九〇年代以後台灣環境的重大議題。輻射外洩、高放射性的核廢料，以及重大天災或恐怖攻擊將造成的毀滅性核爆，這些可見的問題和不可見的隱憂，是反核運動的主要訴求。不過，擴張能源和環境破壞之間的拉鋸戰，至今仍未終止。

守護家園愛台灣

台灣在一九五〇年代有DDT、黑心醬油等環境污染事件，到了一九八〇年代中期，諸如戴奧辛污染、化工廠水污染、養殖業「綠牡蠣事件」等重大環保問題，更是層出不窮，引發許多抗爭，但也因此助長了環保意識的興起，大家爭相投入搶救大地山川的行列，各種環保活動、法規政策紛紛出籠，不管政府單位或民間團體努力推廣愛鄉、惜土、護溪等觀念。不過，建設的腳步，永遠趕不上破壞的速度，台灣的環保，仍需加油。

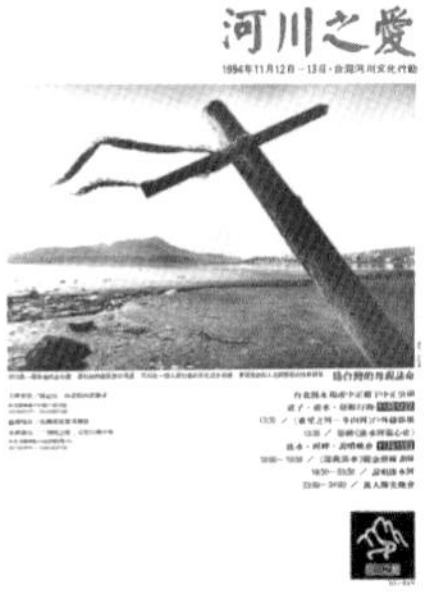

生人先給了我訂金，是三圓。三圓哩，三圓可以買到三袋米哩。眞是不得了哇！我挑一大擔青菜去賣，也賣不到一圓哪。於是我就打定主意，要弄些來賣啦！

「嘎——嘎」（哎喲，多可怕！）……你嘎什麼？我才不會傷害你們啦。我只要從你背上偷拔幾根那種羽毛罷了。那種羽毛，反正時期一到便會脫落的，可不是嗎？於是我便在晚上偷偷地溜到林子裏，抓了一隻白翎鷥，拔下簑羽毛，再放走。唉唉，那才叫好買賣哩。只可惜折騰整整一個晚上，也收集不了多少，並且不到幾個晚上便再也找不著啦，是被我拔光啦。哈哈……儘管這樣，那幾年間每一季我總可以多賺一、二十圓，這已經可以使我的日子過得好舒服好舒服了呢。

……那東西要做什麼用，後來我也打聽到了。原來是要做天皇陛下帽上的羽飾的。那可是日本仔的皇帝哩，穿著一身畢挺的軍裝，跨在一匹雪白的馬上，豎在那帽上像把雞毛撣子的羽飾，就是用你們的簑羽毛做的。另外的一些將軍們頭上也有這麼一把雞毛撣子，神氣死啦。可惜沒幾年，這些羽飾就取消啦，收購的人也就沒有再來啦。

「嘎嘎——嘎。」（好有趣哩，老伯）。

……喀喀喀……喀喀喀……唉唉，眞是罪過，才做了這麼一點活，就咳得半死了。怎麼辦呢？老貨仔，還有怎麼辦？忍耐些吧，慢慢來吧。誰叫你這麼叨念個沒完？活該啊……

老人不再喃喃自語了，不過好像也更乏力了。

就在這時，我聽到一種異樣的響聲由遠而近。那是什麼呢？想起來啦。是近來常常在田裏出現的怪物，發出的隆隆聲跟那些甲蟲們有點相像。它可會犁田哩。有了它，就不必牛了，所以如今牛才這麼少。

響聲更近啦。會是往這邊駛過來嗎？我雙腳一蹬就飛起來了。

哇！一點也不錯，正是那種怪物。這沙洲是跟南岸連在一起的，它當然可以開過來。看哪！那不是旺仔嗎？他在怪物後面推著哩。

我在怪物上面畫了一個弧。不錯，正是旺仔。嘴角

還叨著一枝菸哩，好神氣的模樣。好傢伙，居然弄來了這麼一個怪物，想必是爲了犁那幾塊園了。

很快地旺仔推著它來到小屋後了。老人早已停下手，瞪著眼兒瞧著孫子來到。

「旺仔，是你，你這是……」

「阿公，你已經掘了這麼多啦，唉唉，早告訴你我會弄的。」

「喀喀喀……」

「眞是，叫你不要做了的，你就是不聽。」

旺仔爲老人輕敲了幾下背。

「你看，阿公，有這東西，一下子就可以做完啦。」

老人還在咳嗽個不停，旺仔把他扶進屋裏去了。沒多久，旺仔又出來，看了看日影——噢，日頭眞地斜了——狠狠地將菸蒂摔在地下踩了一腳。

是叫鐵牛吧，那隻怪物發出更大的聲音，在旺仔的手裏飛奔起來了。幾個來回，一塊菜園的泥土通通犁翻過來了。然後又換到另一塊去。

這一塊長了好多的草，鐵牛過處，小蟲們紛紛飛起。我可樂了。看，老人出來了，在門口站著，腰肢好像沒有先前那麼彎了。我還看到老人那張乾癟的嘴唇翕動了幾下，好像在說：

「好傢伙，白翎鷥，給你盼到了。」

「嘎嘎嘎——」（可不是嗎？）我拉直嗓子高叫了幾聲。

——本篇原載《民眾日報》副刊，一九七八年九月出版

鍾肇政創作大事記

一九五一年　發表第一篇文章〈婚後〉於《自由談》月刊。

一九五二年　透過日文版翻譯西洋詩並撰寫兒童讀物。

一九五三年　第一篇長篇小說〈迎向黎明的人們〉完成。

一九五四年　撰寫〈圳旁一人家〉。

一九五五年　發表短篇小說〈老人與山〉於《文藝創作》，翌年入選虞君質主編《現代戰鬥文藝選集》（中華文化出版委員會）；〈石門花〉獲晨光每月小說。

一九五六年　撰寫〈老人與牛〉、〈姜作〉；中篇小說〈阿月的婚事〉獲《豐年》半月刊小說比賽第三名。

一九五七年　發表〈水母娘〉、〈過定〉、〈接腳〉、〈上轎後〉等十餘篇短篇小說；創《文友通訊》，至一九五八年五月止共發行十六次；翻譯日本小說。

一九五八年　撰寫〈大嚴鎮〉、〈柑子〉、〈婚宴〉；譯作《寫作與鑑賞》出版。

一九六〇年　與林海音、文心等人組成「鍾理和遺著出版委員會」。

一九六一年　長篇小說《濁流三部曲》第一部〈濁流〉在《中央日報》副刊連載。

一九六二年　〈江山萬里〉完成；出版《魯冰花》（明治出版社，一九八九年開拍電影）。

一九六三年　出版中篇小說集《殘照》（鴻文出版社）；完成《濁流三部曲》第三部〈流雲〉及長篇小說《大壩》；編寫「公主潭」等十餘部電視劇。

一九六四年　協助《台灣文藝》月刊之小說編輯；撰寫長篇小說《八角塔下》。

一九六五年　爲紀念台灣光復二十周年，編輯《本省籍作家作品選集》十冊（文壇社）及「台灣省青年文學叢書」十冊（幼獅書店）。

一九六六年　獲中國文藝協會第七屆文藝獎章小說獎；出版長篇小說《大圳》（省政府新聞處省政文藝叢書、後由大業書店印行）。

一九六七年　出版一九五八～六一年間〈柑子〉等十二篇中短篇小說集《輪迴》（實踐出版社）；獲教育部五十五年度文藝獎金文學創作獎。

一九六八年　出版《沉淪》（蘭開書局），後改編爲電視劇「黃帝子孫」；主編「蘭開文叢」（蘭開書局印行）；出版《大肚山風雲》短篇小說集、《戰後日本短篇小說選》（台灣商務印書館）。

一九六九年　出版《濁流三部曲》第二部〈江山萬里〉（林白出版社）；撰寫〈野外演習〉、〈那天、我走過八吉隧道〉

等短篇小說；編寫「茉莉花」、「老人與小孩」、「喬遷之喜」等十餘部電視劇本。

一九七二年　翻譯多部日文小說及日譯西洋名著。

一九七三年　出版《馬黑坡風雲》長篇小說（台灣商務印書館）。

一九七五年　出版《插天山之歌》（志文出版社）、《八角塔下》（文壇社）、《西洋文學欣賞》、譯作《歌德自傳》、《愛的思想史》等。

一九七六年　發表長篇小說《望春風》、《滄溟行》於《中央日報》，譯作《日本人的衰亡》（志文出版社）。

一九七七年　負責《台灣文藝》雜誌社務、編務；出版長篇小說《望春風》（大漢出版社）、《丹心耿耿屬斯人》（近代中國出版社）。

一九七八年　撰寫〈法蘭克福之春〉、〈月夜的召喚〉、〈白翎鷥之歌〉、〈尾叔〉、〈尾叔和他的孫子們〉等短篇小說。

一九七九年　長篇小說《濁流三部曲》獲第二屆吳三連文藝獎；編著《名著的故事》（志文出版社）。

一九八〇年　撰寫〈原鄉人：作家鍾理和的故事〉及〈回山裡眞好〉、〈馬拉松冠軍．一等賞〉等短篇小說；出版《台灣人三部曲》長篇小說（遠景出版社）。

一九八一年　成立台灣文藝出版社。

一九八二年　〈高山三部曲〉於《中華副刊》連載。

一九八三年　撰寫長篇小說《夕暮大稻埕》，翌年在《台灣時報》副刊、《世界日報》連載；發表長篇《高山組曲》於《台灣時報》。

一九八四年　改寫日本電視劇「阿信」爲小說（文經社）。

一九八五年　撰寫長篇小說《卑南平原》，翌年發表於《台灣時報》副刊、《世界日報》，一九八七年出版（前衛出版社）；遊記〈北美大陸文學之旅〉在《大同》月刊連載。

一九九〇年　主編「台灣作家全集」五十冊。

一九九一年　發表長篇小說《怒濤》於《自立晚報》。

一九九八年　出版《台灣文學兩鍾書》、《掙扎與徬徨》、《文壇交友錄》；於《自由時報》撰寫「台灣的心」專欄。

一九九九年　獲《民眾日報》、《文學台灣》共同頒發之台灣文學貢獻獎、第三屆國家文藝獎；至淡水眞理大學參加「鍾肇政文學會議」。

二〇〇二年　撰寫〈歌德文學之旅〉。

大地的哀歌

這篇小說的作者以詼諧趣橫生的童謠做爲小說的背景音樂，以第一人稱「我們」的「擬人」手法書寫白鷺鷥的悲歌。「白翎鷥／擔畚箕／擔屆溝仔墘／跋一倒／撿一錢／買大餅／送大姨／大姨嫌無活／呼雞呼狗來咒詛／咒詛有／拍媳婦／咒詛無／拍嬸婆」這童謠本身就是以擬人化方式來寫的，小說以此作爲背景相當貼切生動。「白翎鷥」就是白鷺鷥，白翎鷥可說是造物者的精心傑作，牠的身影形姿是那麼的「飄逸優雅」、「仙風道骨」，像從天而降的祥瑞之靈，每當大地春回，牠們翩翩然地飛舞在城鄉田野，棲息優游於河之濱、水之湄，雪白的羽絲映在霞空中，宛若一絲絲白色緞帶。牠曾經是台灣農村最動人、最令人印象深刻的勝景。

〈白翎鷥之歌〉，其實是白翎鷥的哀歌，也是台灣環境惡化的哀歌。小說透

過飛翔天空的白翎鷥的眼睛，往下俯視，尋找牠所熟悉的一切：皮膚黝黑趕著水牛犁地的老農、老農的孫子，還有河流、沙洲、蚯蚓和雞母蟲。可是，大量突增的車輛猛排廢氣，地上找不到蟲吃，溪裡沒有可以飽食的小魚、小蝦，只要是有水的地方便有危險，發出泡沫，灰黑色、散發出怪臭的溪水，早已毒死好多同伴。這都是農藥、工業污染的毒害，造成牠們棲地的改變與破壞。白翎鷥被迫帶著小雛鳥翻山越嶺去覓食。有一次在空中飛翔時，巧見那一個名叫阿旺的小男孩，眼中已不再充滿憧憬和愛，男孩撿起石頭擲向牠，到處是凶險，白翎鷥心中有了答案。「我們這些白翎鷥，根本就不能再給老人和他的孩子帶來好運了。看，這廣大的沙洲上，就只有我一隻，孤單單地來回踱著方步。」傳說中，白翎鷥棲居福地，是大地間和平祥瑞的信使，會給莊稼漢帶來好運，民間視白翎鷥爲農家之友，凡是白翎鷥

棲息築巢營聚的地方，都被認爲是好風水，然而台灣農業式微之後，農田改爲魚塭、果園，農家不再歡迎白翎鷥，經常會以爆竹驅趕甚至不惜以獵槍屠殺，再加上紅樹林的砍伐，台灣的溪流不再清澈見底，等於直接掠奪了牠們的棲息地。作爲環保小尖兵的白翎鷥逐漸消失，潔白纖美的麗影不再到來，這正是台灣環境被破壞、生態被改變的活生生實例，也是人文精神的喪失。當白翎鷥都無法在大地上生存，這大地會是人類的淨土嗎？當人類不再對白翎鷥友善，不就說明了人類喪失了建設美好樂園的理想嗎？

這篇小說寫於一九七八年，當時台灣環保意識觀念並不普及，議題在當時具有前瞻性，可說是環保文學的先驅，這正是作者對台灣無盡的關懷的表現，也藉此提醒吾人鑿傷大地，也正是鑿傷我們自己，人與自然生態本來就是密不可分的，當我們連最溫和、最柔善的白翎鷥都失去時，這個社會還能倖存什麼？那些執迷不悟、自私愚昧的人能不重視自己生存的大地嗎？然而令人悲嘆的是，當白翎鷥發出哀鳴，人類真正聽到牠們的聲音、牠們的警示了嗎？

最後，我想起賴和的小說這樣描述著：「榕樹下臥著一匹耕牛，似醒似睡地在翻著肚，下巴不住磨著，有時又伸長舌尖去舐牠鼻孔，且厭倦似地動著尾巴，去撲集在身上的蒼蠅。馴養似的白鷺鷥，立在牛的頷上，伸長了頸在啄著粘在牛口上的餘沫。」《蛇先生》可見很早以前白翎鷥就予人非常美好的回憶，閱讀過〈白翎鷥之歌〉，我們是多麼希望這大地春神的化身又會翩翩來臨。